♡ Una boda en el bosque ♡

¡Lee todas las aventuras del Diario de una Lechuza!

DIARIO DE UNA LECHUZA

♥ Una boda en el bosque ♥

Rebecca Elliott

BRANCHES

SCHOLASTIC INC.

A Benjamin. Mi lechuza más pequeña. —R.E.

Un especial agradecimiento a Eva Montgomery.

Originally published as *Owl Diaries #3: A Woodland Wedding*

Translated by J.P. Lombana

ISBN 978-1-338-15905-9

10 9 8 7 6 5 4 3 2 1   17 18 19 20 21

Printed in China   38

First Spanish printing 2017

Book design by Marissa Asuncion

♥ Contenido ♥

1. ¡Hola! 1
2. Una lechuza misteriosa 12
3. Día de las Mascotas 18
4. El Club de Boda Secreto 26
5. El collar desaparecido 32
6. ¡Un misterio resuelto! 41
7. Una boda en el bosque 56
8. ¡Sorpresa! 68

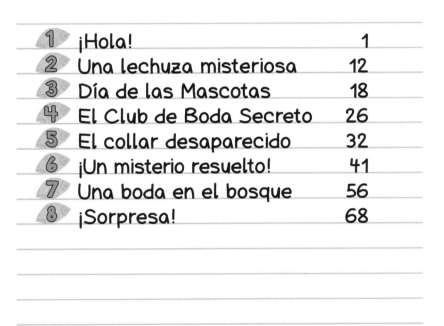

11

Avenida Pinoverde

9

♥ ¡Hola! ♥

Domingo

Hola, Diario:

¡Aquí estoy! Soy YO: ¡Eva Alarcón!
¡Me pregunto cómo vamos a divertirnos
esta semana!

<u>Adoro</u>:

Pintar

Hacer listas de
cosas por hacer

El olor de las fresas

Mi almohada

Leer cuentos
de misterio

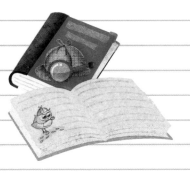

La palabra <u>piruleta</u>

Los jacintos
(mi flor favorita)

Reírme con
mis amigos

No adoro:

Cuando mi hermano
Javier toca la guitarra
a todo VOLUMEN
(Él sabe tocar, ¡pero
hace mucho RUIDO!)

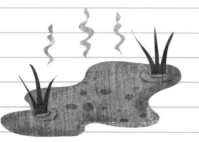

La palabra <u>pantano</u>

A Susana Clavijo
(cuando es odiosa)

ODIOSA
ODIALEZ
100555

Cepillarme las plumas

Las noches
de lluvia

El olor de la
caca de ardilla

El pastel de gusanos
de mamá

Ver a alguien
triste

¡ADORO completamente a mi familia!

Aquí estamos de vacaciones en la soleada **LECHUFORNIA**:

Papá

Javier

Yo

Bebé Mo

Mamá

Mi murciélago mascota, Gastón,
también forma parte de la familia.

¡Es tan lindo!

Las lechuzas podemos hacer muchas cosas increíbles, como volar MUY rápido.

Estamos despiertas toda la noche.

Dormimos de día.

Y con nuestros GRANDES
ojos vemos cosas
que están
muy lejos.

Vivo en la Casa del Árbol 11 de la Avenida Pinoverde, en Arbolópolis.

Mi mejor amiga es Lucía Pico.

¡Lucía es mi vecina! Hablamos por **CONOTELÉFONO** todo el tiempo.

La mascota de Lucía es una lagartija llamada Rex. Rex es el mejor amigo de Gastón. ¡Nos encanta disfrazar a nuestras mascotas!

Lucía y yo vamos a la misma escuela.
Aquí hay una foto de nuestro salón:

Srta. Plumita
Susana Clara
Zara
María

mi salón

Zacarías
Jorge
Yo
Lucía Jacobo
Lily Carlos

Ya casi amanece.
Tengo que ir a
dormir. ¡Mañana
volveré a escribir,
Diario!

♥ Una lechuza misteriosa ♥

Lunes

Esta noche, la Srta. Plumita nos dio una gran noticia.

> Mañana es el Día de las Mascotas. ¡Eso quiere decir que pueden traer su mascota a la escuela!

¿Qué tan **PLUMOROSO** es eso, Diario? ¡Tengo muchas ganas de que todos conozcan a Gastón!

Hicimos dibujos de nuestras mascotas.

Clara hizo el mejor dibujo. Como premio, le permitieron hacer sonar a Cata la Campana. A todos nos encanta hacer sonar a Cata la Campana.

Estábamos listos para volar a casa cuando vimos que un apuesto **LECHUSEÑOR** esperaba a que la Srta. Plumita saliera. Cuando salió, ¡se sonrieron y se tomaron de las alas!

Primaria Enramada

No sabíamos quién era esa lechuza...

¿Su hermano?

¿O su primo?

¿O su doctor de alas?

¿Le estará dando lecciones de baile?

¡Tal vez es su novio!

Todos nos reímos.

Lucía vino a mi casa después de la escuela. Hablamos del misterioso amigo de la Srta. Plumita.

Espero que SEA su novio.

¡Se veían muy contentos juntos!

¡Es verdad! ¡Pero ahora debemos dejar de hablar y planear el Día de las Mascotas!

¿Disfrazamos a nuestras mascotas?

¡Sí! ¿Y por qué no decoramos las jaulas de Rex y Gastón?

¡Qué idea tan alavillosa, Eva!

Disfrazamos a nuestras mascotas de reyes. Y convertimos las jaulas en castillos para que combinaran con los disfraces. ¡Hasta les pusimos gemas brillantes a los castillos!

¡Tengo muchas ganas de que todos conozcan a nuestras mascotas! ¡Que duermas bien, Diario!

♥ Día de las Mascotas ♥

Martes

Hoy fue **ALAVILLOSO**, Diario. ¡Las mascotas estaban lindísimas!

Rayo: el caracol gigante de Jacobo

General Deslizo: la culebra de Jorge

Sid: la araña de Zacarías

Estela: la polilla de Lily

Cleo:
el pececito de Carlos

Rex:
la lagartija de Lucía

Gastón:
el murciélago de Eva

Bruno Silva:
el cangrejo de Zara

Mila:
la rana de María

Almíbar:
la abeja de Clara

Lady:
la tortuga de Susana

¡Y adivina qué! Como los disfraces de Rex y Gastón se veían tan geniales, ¡Lucía y yo pudimos hacer sonar a Cata la Campana!

¡Ring-din-din-din!

Al almuerzo, nuestro salón hizo un Pícnic de Mascotas. ¡Comimos **HAMBURGUESAS DE INSECTO** y **MOSCAS FRITAS**, y a las mascotas les dimos dulce de mora, patitas de insecto y leche!

Luego, la Srta. Plumita compartió con nosotros una gr<u>an</u> noticia...

El amigo con el que me vieron anoche es el Sr. Plumaje. Es mi novio. ¡Y nos vamos a casar ESTE SÁBADO!

¡TODOS están invitados a la boda! ¡Y como sus mascotas se han portado muy bien, también están invitadas!

¡HURRA!

¡Qué emoción!

¡Alavilloso!

Calma, por favor. Necesito su ayuda, lechucitas. Una <u>tradición</u> es algo que se hace siempre. Y una de las tradiciones en las bodas es que la novia, o sea yo, debe usar <u>algo viejo</u>, <u>algo nuevo</u>, <u>algo prestado</u> y <u>algo azul</u>. Yo ya tengo algo viejo...

La Srta. Plumita sacó un bello collar del cajón de su escritorio. ¡Era muy brillante y estaba lleno de gemas!

Este collar era de mi abuela. ¡Es <u>muy</u> viejo!

Ahora necesito que me ayuden con las otras cosas. Debo conseguir algo nuevo, algo prestado y algo azul.

Después de la escuela, fui a la casa de Lucía. Hicimos trajes de novia con sábanas viejas. ¡Y disfrazamos a Rex y a Gastón de novios!

Pero entonces, Susana Clavijo pasó volando y dijo algo MUY odioso.

¡No parecen novias sino fantasmas locos! ¿Por qué están jugando a eso? ¡Las bodas son para ARDILLAS!

Por eso, a veces llamo a Susana "Odiosa Odiález". ¿A quién se le ocurre decir que las bodas son para ardillas? A Susana no le gustarán las bodas, ¡pero a mí me ENCANTAN!

Ahora, voy a dormir y a soñar con mi traje de novia perfecto. ¡Felices sueños, Diario!

4

♥ El Club de Boda Secreto ♥

Miércoles

Hoy llegué a la escuela muy temprano. No quería perderme <u>nada</u> de lo que la Srta. Plumita dijera sobre la boda. Pero cuando llegué al salón, ella se veía triste.

¿Qué pasa?

Nada. ¡Solo que estoy preocupada porque ya casi es sábado y hay mucho por hacer para la boda!

Sentí lástima por la Srta. Plumita. Me dieron ganas de ayudarla.

Durante el recreo, todos jugamos a la boda. Bueno, menos Susana. Ella quería saltar la cuerda y se puso furiosa cuando nadie quiso jugar a eso.

¡Mi juego es mucho más divertido que ese tonto juego de la boda!

Y con eso, Odiosa Odiález salió volando.

Me pasé todo el recreo preocupada por la Srta. Plumita. ¡Hasta que se me ocurrió una gran idea! Los llamé a todos...

Voy a organizar un Club Secreto de Organizadores de Bodas. Vamos a ayudar a la Srta. Plumita con su boda. ¿Quién quiere unirse?

¡Buena idea, Eva!

¡Me uno!

¡Suena divertido!

¡Y yo!

¡Yo también!

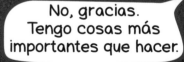

No, gracias. Tengo cosas más importantes que hacer.

Después de la escuela, hicimos la primera reunión del club. Escribimos una lista de cosas para la boda.

1. Hornear un pastel

2. Hacer decoraciones (guirnaldas, globos, manteles)

3. Escoger flores para los ramos

4. Conseguir un grupo musical

Entonces, todos volamos a mi casa, arrancando flores por el camino. (Yo siempre arranco jacintos).

¡Después hicimos un pastel **LECHUGENIAL**!

¡Y luego, hicimos una pelea de harina!

Necesito lavarme las plumas y acostarme. Todavía hay mucho por hacer. Pero todo va a salir bien, siempre y cuando nada salga mal mañana. Seguro que nada va a salir mal mañana. ¿Cierto?

5

♥ El collar desaparecido ♥

Jueves

¡Desastre! Cuando llegamos a la escuela, la Srta. Plumita se veía <u>muy</u> triste.

Chicos, tengo malas noticias. Mi collar especial, la <u>cosa vieja</u> que iba a ponerme en la boda, ¡desapareció!

El Club Secreto de Organizadores de Bodas hizo una reunión de emergencia en mi casa después de la escuela.

¡La Srta. Plumita está muy triste!

¿Qué podemos hacer?

La mejor manera de ayudar es asumir otra tarea: ¡resolver el caso del collar desaparecido!

¡Nos convertimos en el Club Secreto de Detectives y Organizadores de Bodas! Yo he leído MUCHOS libros de misterio. Así que sabía que debíamos hacer tres cosas: vestirnos como detectives, hacer preguntas y buscar pistas. Nos pusimos nuestros atuendos de detectives.

Después, regresamos volando a la escuela. Por suerte, la Srta. Plumita no se había ido. Clara comenzó a hacer preguntas.

¿Cuándo vio el collar por última vez?

No estoy segura. Recuerdo que estaba en mi escritorio el martes porque fue el Día de las Mascotas. Y recuerdo que General Deslizo pasó por encima de él. Pero no recuerdo si lo vi después.

¿Hay algo más que haya desaparecido?

Pues, ahora que lo pienso, esta mañana no pude encontrar mis pegatinas plateadas ni mis colores brillantes.

Después, buscamos pistas. Zara señaló el escritorio de la Srta. Plumita.

¡Miren esos rasguños! ¿No es este el cajón donde guardó el collar?

Sí. Pero el collar no está en el salón. Ni el ladrón. Vamos a buscar al bosque.

Nadie le puso mucha atención a los rasguños. Pero a mí me pareció haberlos visto antes. ¡Solo tenía que recordar dónde!

Buscamos en el bosque una eternidad.
Hasta que Jorge vio algo.

¿Quién está allí?

Es Susana.

¡Mira! ¡Hay algo brillante en su bolso!

¡Y a ella no le gustan las bodas!

¡Tal vez ella tiene el collar!

Alcanzamos a Susana.

¿Qué tienes en el bolso?

No es asunto tuyo.

¿Tomaste el collar de la Srta. Plumita?
¿Tal vez por equivocación?
¿Quizá lo tienes en tu bolso?

¡No soy una ladrona, Eva!
¡Yo no cogí el collar!

Susana se fue volando disgustada. Yo me sentí muy mal. ¡Ay, Diario! Creo que dije algo feo. ¡Pero solo quería resolver el misterio!

Volvimos volando a mi casa. No habíamos resuelto el misterio, pero podíamos trabajar en las otras cosas de la lista.

Carlos y Jorge inflaron globos.

Clara y Zara arrancaron flores.

Lucía y yo hicimos guirnaldas.

Mi hermano Javier nos dijo que teníamos cabeza de ardilla por emocionarnos tanto por una boda.

¡Pero entre todos hicimos mucho! ¡Y también nos **DIVERTIMOS**! ¡Teníamos muchas ganas de mostrarle todo a la Srta. Plumita!

Cuando las otras lechuzas se fueron, le pregunté a Lucía sobre Susana...

No creo que Susana haya cogido el collar. ¿Y tú?

No, no creo. Pero, ¿por qué no le gustan las bodas?

No sé, Lucía. Pero me siento mal por haberle preguntado si ella había tomado el collar. Se veía muy enojada.

¿Por qué no vuelas por su casa en la mañana y te disculpas?

¡Qué buena idea, Lucía!

Lucía es realmente la mejor amiga de todo el **LUCHIVERSO**. ¡Prometo que me disculparé con Susana mañana y resolveré el caso!

♡ ¡Un misterio resuelto! ♡

Viernes

Lucía y yo volamos temprano hasta la casa de Susana. Recogí más flores por el camino... ¡porque los jacintos nunca están de más!

Pero Diario, ¡a que no adivinas qué vimos por la ventana de Susana!

Golpeamos en la puerta. Cuando Susana contestó, estaba cubierta en seda blanca. ¡Parecía como si ella estuviera vestida con un traje de novia!

Susana nos mostró el traje de novia.

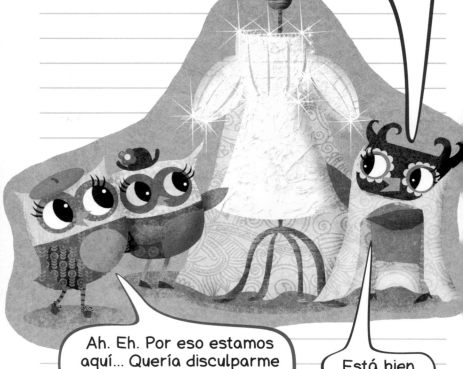

Pues, mi mamá es diseñadora de modas. Le está haciendo el vestido a la Srta. Plumita y yo la estoy ayudando. Cuando me vieron en el bosque, le traía el hilo brillante y las lentejuelas a mi mamá.

Ah. Eh. Por eso estamos aquí... Quería disculparme por pensar que habías cogido el collar.

Está bien.

Sí. Pensamos que tú lo habías tomado porque vimos algo brillante en tu bolso. Y porque, pues, parecía que no te gustaban las bodas.

¡ADORO las bodas! Hasta le estoy haciendo un regalo especial a la Srta. Plumita. Es solo que he estado enojada toda la semana. Mi mamá ha estado tan ocupada haciendo este vestido que se le olvidó...

¿Qué se le olvidó?

Susana empezó a llorar.

¿Cuál es el regalo especial que le estás haciendo a la Srta. Plumita?

Una corona de flores. Pero solo voy por la mitad. No me dará tiempo a terminarla.

Yo tengo jacintos. ¿Puedo ayudarte?

Susana y yo hicimos la corona mientras Lucía ayudaba a la mamá de Susana con el vestido. La corona de flores se veía **ALAVILLOSA**... ¡y el vestido también!

La Srta. Plumita sonrió cuando entramos al salón.

¡Esta es una sorpresa plumorosa! ¡No puedo creer que su club haya hecho manteles, flores, guirnaldas y un pastel!

(No le mostramos la corona de flores ni los globos. ¡Teníamos que guardar algunas sorpresas para el día de la boda!)

Pobre Srta. Plumita.

Al almuerzo, hicimos una reunión de emergencia del club.

En ese momento, mi hermano Javier
se acercó.

Oye, Eva, ¿necesitas un grupo? Si quieres,
mi grupo, <u>Los Ululantes</u>, puede tocar.

Vaya, Javier, ¡eso sería increíble! Pero
que la música no sea muy fuerte, ¿no?

Claro que no.

Nos guiñó un ojo, lo que me puso nerviosa.
Pero bueno... ¡Ya teníamos un grupo!

Volamos a darle la buena noticia a la Srta. Plumita.

Después, nuestra nueva detective miró por el salón. Abrió el cajón del escritorio de la Srta. Plumita, el que estaba debajo de los rasguños.

Susana usó su lupa para mirar más de cerca.

¡Migajas de patitas de insecto!

¡Son del Pícnic de Mascotas! ¡Bien hecho, Susana!

¡Vamos a resolver este misterio!

Después de la escuela, nuestro club hizo otra lista (me encanta hacer listas).

EL CASO DEL COLLAR DESAPARECIDO

Lo que sabemos:
1. El collar es brillante.
2. El martes fue el último día en que fue visto.
3. General Deslizo se deslizó sobre él.
4. Los lápices brillantes y las pegatinas plateadas de la Srta. Plumita también desaparecieron.
5. Hay marcas de rasguños sobre el cajón del escritorio de la Srta. Plumita.
6. Hay migajas dentro del cajón.

Lo que necesitamos saber:
1. ¿Dónde está el collar?
2. ¿Quién se lo llevó?

Diario, ¡la boda es <u>mañana</u>! ¡Debemos resolver el misterio! Me voy a dormir pensando en las pistas que tenemos...

7

♡ Una boda en el bosque ♡

Sábado

Diario, ¡hoy es el DÍA! ¿Te gusta mi vestido?

Ah, ¡CREO QUE SÉ QUIÉN COGIÓ EL COLLAR! Pero no diré nada todavía. Ya sabemos que me he equivocado antes, y no quiero fallar de nuevo. Tengo que asegurarme antes de decir algo. Ni siquiera te lo diré a ti.

Primero, voy a llamar a Lucía.

¡Hola, Lucía! ¡HOY es la boda!

¡Bravoooo!

Oye, voy a llevar a Gastón en su jaula castillo. ¿Tú vas a llevar a Rex en la suya?

Sí. ¿Los disfrazamos de nuevo?

¡Claro! ¡Así pueden volver a ser reyes!

¡Qué buena idea! Pero Eva, me siento mal por no haber encontrado el collar.

¡Adivina qué! ¡Creo que resolví el misterio!

¿En serio? ¡Vaya! ¡Cuéntame, Eva!

Ahora no puedo. ¡Pero dentro de poco lo sabrás!

Lucía y yo volamos a la boda muy temprano para ayudar en la decoración. Allí, nos encontramos con los otros miembros del club.

¡Todo se ve alavilloso!

Pero no hemos encontrado el collar.

¡No se preocupen! ¡Eva cree que ya resolvió el misterio!

¡Sí! Tal vez.

Entonces, llegó la Srta. Plumita.

¡Todo se ve lindísimo! ¡<u>Muchas</u> gracias a todos! Ojalá tuviera mi collar.

Srta. Plumita, ¿ya vio a Gastón y a Rex?

Las mascotas están lindísimas, Eva.

Venga y mire a Rex en su jaula castillo.

Estoy ocupada, Eva.

¡Por favor, Srta. Plumita!

Está bien.

¡Todos, miren esto!

Todos miramos a Rex en su castillo.

¡Mi collar!

¿Rex lo cogió? ¡Ay, lo siento!

No es tu culpa, cariño. ¡Lo importante es que lo encontramos a tiempo!

¡Ay, no! ¡Estaba tan preocupada por el collar que se me olvidó conseguir algo nuevo, algo prestado y algo azul! ¡No tengo NINGUNA de esas cosas!

Susana y yo nos miramos. ¡Las dos tuvimos la misma idea!

¡La podemos ayudar con eso!

Le dimos a la Srta. Plumita la corona de flores que hicimos.

Es nueva, es azul y, si nos la devuelve, ¡también será prestada!

¡Vaya! ¡Muchas gracias! Y me hace ululosamente feliz verlas trabajando juntas.

La Srta. Plumita voló a ponerse su traje de novia.

Querido Diario, ¡esa fue la boda más hermosa que he visto! (Bueno, también fue la ÚNICA boda que he visto! ¡Pero no puedo imaginarme una mejor!)

Después, todos bailamos al son del grupo de Javier.

La mamá de Susana se me acercó y me dio una invitación para una fiesta de cumpleaños <u>sorpresa</u> para Susana, ¡que va a ser mañana! ¡No lo había olvidado!

¡Bailamos todo el día, Diario! ¡Ahora tengo que dormir un poco! ¡Tengo muchas ganas de ver la cara de Susana cuando vea su fiesta sorpresa! ¡Buen día!

♡ ¡Sorpresa! ♡

Domingo

Lucía, Clara y yo volamos a la casa de Susana muy temprano para organizar la fiesta. También había otras lechuzas. (Susana había salido a almorzar con su papá).

Usamos algunos de los globos de la boda.

Y pintamos un cartel de cumpleaños.

La casa de Susana quedó lindísima.
Al poco tiempo, Susana llegó volando. Nos
escondimos antes de que se abriera
la puerta.

Entonces, ¡todos saltamos!

¡Una boda en el bosque y una fiesta sorpresa el mismo fin de semana! ¡Ufff! ¡Ha sido una semana increíble, Diario! ¡Tengo ganas de que empiece la próxima!

Rebecca Elliott se parecía mucho a Eva cuando era más jovencita: le encantaba hacer cosas y pasar el tiempo con sus mejores amigos. Aunque ahora es un poco mayor, nada ha cambiado… solo que sus mejores amigos son su esposo, Matthew, y sus hijos Clementine, Toby y Benjamin. Todavía le encanta crear cosas como pasteles, dibujos, historias y música. Pero por más cosas en común que tenga con Eva, Rebecca no puede volar ni hacer que su cabeza dé casi una vuelta completa. Por más que lo intente.

Rebecca es la autora de JUST BECAUSE y MR. SUPER POOPY PANTS. DIARIO DE UNA LECHUZA es su primera serie de libros por capítulos.

DIARIO
DE UNA
LECHUZA

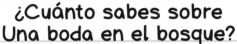

¿Cuánto sabes sobre
Una boda en el bosque?

Es difícil organizar una boda.
¿Qué hacemos mis amigos y yo
para ayudar a la Srta. Plumita?

El collar de la Srta. Plumita es
muy especial. Explica por qué es
tan importante para ella ese collar.

¡A Eva le encanta leer libros de misterio
y aprende cosas de ellos! ¿Qué aprende
Eva sobre ser una detective? ¿Cómo usa
Eva lo que ha aprendido para resolver el
misterio del collar desaparecido?

¿Por qué soy la única lechuza que
no está emocionada con la boda?

Escribe algo en un diario sobre una fiesta
a la que hayas asistido. ¡Explica cuál
era el motivo de la fiesta, describe las
decoraciones, haz una lista de los invitados
y añade otros detalles divertidos!